T5-BYU-754

De Christine Schneider et Hervé Pinel
chez Albin Michel Jeunesse :

Trouvé !

Pipi de nuit

Mange, mon ange !

Vite ! Dépêche-toi !

Je m'ennuie

Toujours dans la lune !

Le Vélo de Jojo

Une année avec Téo

22, rue Huyghens, 75014 Paris – www.albin-michel.fr
Loi 49-956 du 16 juillet 1949 sur les publications destinées à la jeunesse
Dépôt légal : premier semestre 2007
N° d'édition : 17724 – ISBN-13 : 978 2 226 17765 0
Imprimé en France par Pollina s.a., 85400 Luçon, N°L43146

Christine Schneider - Hervé Pinel

Suzie danse

ALBIN MICHEL JEUNESSE

C'est une nuit d'été.
Dans l'herbe, je me vois…

… Je me vois danser entre ciel et terre
sous le toit de la nuit à minuit.
Amie du vent, des cigales et des étoiles,
je me vois danseuse étoile…

Quand le vent au sol s'étend,
les étoiles s'habillent en noir,
les cigales se taisent sans voix,
juste le cri de maman : « Suzie, au lit ! Il est tard ! »

Sous les draps, je sais
que je ne suis pas une danseuse étoile ;
je suis Suzie un peu ronde, pas grosse,
un peu petite, pas grande.
Juste Suzie qui aime la danse !

De jour comme de nuit,
je danse devant la glace et je fonds.

Je danse devant la lampe
et je grandis.

Un matin, maman chante :
« Suzie tout en tulle, voici ton tutu ! »

Tout émue, mercredi à dix heures,
je commence le cours de danse. Maman m'enchante !

« Tous à la barre ! »
claironne madame Turlututu
avec son chapeau pointu.

Et un, deux, trois, buste droit
quatre, cinq, six, jambes fléchies,
sept, huit, neuf, en tutu neuf !

Tous les mercredis, j'entre dans la danse,
Hugo pivote, Julie s'étire.
Mes ballerines glissent WIIIIZ !!!
Tapent TAPATA ! TAPATI !
Mais ce mercredi-là, rien ne va plus.
Mes ballerines dérapent ZZZAAAPP !!!
Trébuchent TAPATA ! TAGADA !
Madame Turlututu, en veux-tu, en voilà,
s'énerve, tempête,
et crie à tue-tête :
« Suzie, ton rythme !
Suzie, tes pointes !
Suzie ! qu'as-tu mangé ce midi ?
UN BŒUF ? »

Trop, c'est trop.
Le rythme, je le perds.
Mes pointes, je les arrache.
Je la regarde d'en bas,
et de haut je lui lance :
« Flûte, flûte et flûte,
ce midi, madame Turlututu,
je n'ai pas mangé un bœuf,
mais un ŒUF ! »

Les mots ont jailli tout seul de ma bouche,
et dans ma tête je me dis :
« Calme-toi, Suzie, ne rumine pas, Suzie. »
Le cœur noué, je lace mes ballerines
et je me dis encore :
« Détends-toi, Suzie, respire, Suzie. »
Impossible !
Mon corps bout,
bouillonne.
Je me lève,
m'élève !

Surprise, madame Turlututu fait un écart.
Moi, pour l'épater, je lui fais le grand jeu, le grand écart !

« Ronde, mais souple », je lui dis.
Les autres ne savent plus sur quel pied danser. Moi, si…

Je m'avance, m'étire et danse,
m'élance, voltige et glisse.
Au sol, je tape du talon,
au vol, attrape mon jupon.

Ronds de jambe,
sauts de chat.
Et dans une dernière courbe, je m'incline,
quand…

… madame Turlututu,
abasourdie, sans sourdine,
attaque une mazurka.

Et les petits rats, radieux, arrivent à pas chassés !
Une fois encore, à bras le corps,
je me lance dans la danse.

Je défie un chassé-croisé, WOUIZ !

Je croise un défilé d'arabesques,

entrecoupe des entrechats, et HOP ! TIP ! TAP !

Le ballet tourne, tourne vite.

Moi, je bondis, rebondis,
roule à terre,
et légère, légèrement légère,

je me déroule telle une vague
pour me poser, me reposer
dans l’écume de mon tutu.

Madame Turlututu
me prend dans ses bras
et me souffle tout bas :
« Suzie, tu es une grande danseuse,
petite, mais grande ! »

Ce soir-là, maman me chante :
« Suzie, j'ai tout vu,
tu m'amuses, tu es ma muse ! »